一筆啓上

はじめに

　風には粋で豊かな趣きがあり、様々な言い回しがあります。自分の身に感じられる様子、世の中や物事の有様をあらわしたり、多彩な慣わしを指したり、それはそれは豊かです。『風と雲のことば辞典』によれば風にまつわることばはなんと「１０４０語」。

　風薫る、風光る、風に吹かれて、風をつかむ、風の吹き回し等々取り上げたらきりがありません。今のご時世、「新型コロナウイルス」の突風が吹き荒れ、世界中を風靡《ふうび》、席捲し騒がせています。感染防止にむけて全力をあげる必要があります。窓を大きく開けて、さわやかな春風を充分とり入れて、コロナを吹き飛ばしましょう。

　禅語に「白雲自ら去来す」とあります。なにかに夢中になっていればいつの間にか幸運が訪れるとの意です。自分もそう在りたいと願うばかりです。

大きく二つの文面に分かれています。ひとつは自然に対する思いの花鳥風月です。自然が人間に支配され環境破壊が進む中で、当時一七歳になったばかりのスウェーデンの少女グレタさんがたった一人で始めた、「気候のための学校ストライキ」は「環境、貧困、平和」へのメッセージを掲げています。それらに共感するところからの発想でもあります。

第二は、「風怒気《ふどき》」です。

「風に柳」は程よくあしらって逆らわぬという意味ですが、これと真逆で風に怒って気分を高め風当たりをする造語です。風になびく巷説に対して怒りの気持ちですから、少し辟易するかもしれませんがご容赦ください。

また、時期々に書かれたものですから多少のダブりがあります。不堪な句（川柳）も掲載しました。春夏秋冬に分けてありますので、どこからでもひも解いて頂けたら光栄です。

一筆啓上　目次

冬　93

一筆啓上

春

はる

さあ、重い外套を脱いで

三月の誕生色は、楚々《そそ》とした山桜の薄桃色だそうですね。葉と一緒に花を咲かせる山桜は、染井吉野と違って落ち着きを感じさせます。桜は蕾七日、咲いて七日、散って七日と日本人の心をこんなにも夢中にさせるのです。

三月を旧暦では桜が咲く頃なので花咲月《はなさきづき》とか花見月とか言いました。弥生月とも言いますね。語源は木草弥生月《きくさいやおいづき》が変化したもので、「弥《いや》」は「いよいよ」とか「ますます」という意味だそうです。

空では揚げ雲雀《ひばり》が鳴き、藪《やぶ》では歌詠み鳥がホーホケキョと囀《さえず》っています。外へ出かけましょう。

幼子に踏まれてなるか土筆《つくし》の芽

桜草

星のまたたく如く

二〇一七・三・一二

「春は名のみの　風の寒さや」の歌詞どおりの三月ですが、ほんとの暖かい春はもうすぐそこです。

この歌の題名は『早春賦《そうしゅんふ》』です。作詞した吉丸一昌は長野県安曇野を舞台に三寒四温といわれる早春の不安定な気候をみごとに表しています。

まだ肌寒い陽だまりに、コバルトブルーの小さい花が肩寄せあって咲いていています。オオイヌフグリです。高浜虚子はこの花を「星のまたたく如く」と表現しましたが、オオイヌフグリという日本名のセンスのなさは花の美しさとかけ離れすぎています。

小花といえば雪柳もそうでした。「枝のすえに花多く集まりひらく事雪のごとし」と表現したのは貝原益軒《かいばらえっけん》です。梅が終盤にさしかかった頃、楚々《そそ》として清楚《せいそ》な小花をたくさん付け始めるのです。朝日に照らされ、きらきらと光る雪柳を見ると本格的な春が来るのだと感じるのです。

しかし、現実の春はまだまだのようす。「氷解け去り　葦は角ぐむ　さては時ぞと思うあやにく…雪の空」

と、早春賦の二番は歌います。ですがこの雪柳、小花がたくさん集まり、小枝が弓なりになって寒風に耐えて本格的な春を待つのです。

はる

芽吹きのゆらぎを感じる

この冬は東京でも大雪が降りました。大雪の気候の中でも木々の芽生えは着実に進み、春を告げています。こぶしの芽も着実に膨らんで本格的な春を待っています。こんな時は千昌夫の『北国の春』を思い出すのです。

「雪どけ　せせらぎ　丸木橋　からまつの芽がふく」歌詞になぞらえ、この森で梢の芽吹きのゆらぎを感じるのです。春を感じる心、心にゆとりがなければ春を感じられません。こうした心を持つことはひとつのしあわせと言えるでしょう。

来たか春雨がつぶやき枝のびる

いつまでも絶えることなく…

二〇一八・三・一五

クマノザクラという新種のサクラが一〇三年ぶりに発見されました。花びらが淡く桃色、山桜とは違い葉が小さいとのことです。野辺ではスミレ、タンポポ、オオイヌノフグリが咲き乱れています。

レンゲソウと言いたいところですが、道端にレンゲソウはありません。田んぼがなくなりレンゲソウも絶えてしまいました。タンポポも西洋タンポポで、日本タンポポは減多に見かけません。イヌノフグリも同じ運命です。

運命的なのは草花だけではありません。沖縄米軍基地です。国土面積の約〇・六%しかない沖縄に、全国の米軍施設面積の約七〇・六%集中しているから驚きです。沖縄戦没者を慰霊された両陛下にこの現状をどう説明したのでしょうか。

北朝鮮と米国との話し合いと世界は動く。それなのに沖縄辺野古での新基地建設なんておくれていませんか。

ハコベ

聞けば急かるる

暦の上では春でも、「春は名のみの　風の寒さや」です。「谷の鶯 声も立てず」で、まだホーホケキョにならない幼いチャチャ声です。しかし、庭先ではクロッカスが咲き、川辺では猫柳の芽が銀色に光っています。

この『早春賦《そうしゅんふ》』、詩人吉丸一昌がオーバーベックの詩「春への憧れ」に感銘を受けて書いたといわれています。三番の「聞けば急《せ》かるる　胸の思いを」は少年の思春期の不安定な気持ちを詠って余すところがありません。

歌の舞台といわれる長野県安曇野には歌碑が立ち、早春賦音楽祭も開かれています。行ってみたいですね。

お遍路の遠く近くに揚げひばり

クロッカス

人生の節目

二〇一八・三・一七

三月は別れの月ですが、新たな出会いを期待する月でもあります。若者は進学や就職という人生の節目に遭遇します。年働く中高年は新しい仕事についたり、年度替わりで決意を固め直すことでしょう。家にいる高齢者はいつもと変わらない日常でしょうが、春風に乗って大きく変わるチャンスです。

行きつけの本屋さんがこの三月いっぱいでやめるそうです。本屋さんが言うには楽器屋さんもやめるとか。一月には割と大きなお菓子屋さんが工場ごと廃業し、長年付き合ってきたお寿司屋さんもやめました。

今まで当然のように利用していたものが無くなる。そして、大企業のコンビニだけが増えていく。時代の流れでいたし方ないとは言え不便で寂しいものです。

ここまで頑張ってきたお店屋さん、工場主、従業員のみなさんご苦労さまでした。新たな出発に向かって決意を固めて頑張っていくことを切に願っています。

「法、法華経」

梅にうぐいす「ホーホケキョ」とよくいいますが、実際にはうぐいすは梅の木にはあまり止まりません。天敵から身を守るために薄暗い藪の中で鳴き、姿をあまり見せません。

梅は中国からの移入種ですから、古事記や日本書紀には登場しません。歌人たちが梅とうぐいすを歌に託したのは万葉の後期からです。

江戸の文人墨客、蜀山人（太田南畝）はうぐいすの鳴き声を、「一声のほう法華経にしくものはなし」と詠んでいます。どうも江戸時代からうぐいすの鳴き声を「法、法華経」と聞くようになったようです。

政権と鶯いつも藪の中

サザンカ

杣保を築いた三田城主

二〇一七・五・一四

眼下に広がる湿地帯はヨシが緑の葉を出し、鶴が舞う。その先には、霞川がキラキラと光る。その上の台地では、切り開かれた雑木林のわずかな土地に住人達が何かを植えている。数百年前の勝沼城本丸の高台から見た風景の想像図です。

湿地帯と台地は住宅地に変わり、霞川は整備され川のきらめきは、この城跡から今は見えません。

台地の向こうには長渕丘陵があり、左側には草花丘陵が新緑に染まっています。

勝沼城主の三田氏は杣保と呼ぶ山林と多摩川流域を管轄し、鎌倉時代後期の関東管領の国人城主として善政を敷いていたようです。

また教養ある武将として当時有名な連歌師宗長や、内大臣三条西実隆（京都へ出向く）と交流をした記録があります。

豊富な財力で多くの神社、お寺の修復や再興、寄進を行っています。凶作にあった翌年は領民が飢饉に陥っているので今年こそ豊穣に恵まれるようにと祈願しています。

昨今城女ブームと云われるように城に関心が集まっています。これを放って置く手はありません。

もっと勝沼城の宣伝をして当地の活性化の一つにすべきです。

はる

うつらうつらと春満喫《まんきつ》

今寺の田園地帯に行くと、揚雲雀《あげひばり》が「ピーチク、ピーチュル」とさえずりながら空高く舞っています。しばらく鳴いていたかと思うと、突然さっと一直線に降下して落雲雀《おちひばり》になりって麦畑に降り立ちます。こうした光景に接するとうつらうつらと春だなぁーと思うのです。

大伴家持は万葉集で、「…雲雀あがり情《こころ》悲しも独りしおもへば」と雲雀の生き生きとした囀りとは好対照に春の憂いを詠っています。

魂の詩人金子みすゞは、「鈴と、小鳥と、それから私、みんなちがって、みんないい」と言っています。

揚ひばり飛行機雲と交差せり

国連総会（二〇一九年）全会一致「五輪休戦決議」

二〇一八・五・一八

平昌オリンピック、パラリンピックも和やかな雰囲気で終わり、ホッとしました。

人間の限界に挑むオリンピックは、政治や貧富の差を抜きにしたスポーツの祭典で、見ている者をワクワクさせます。

この間、北朝鮮をめぐり、南北首脳会談、さらに北朝鮮とアメリカの対話の約束が実現しました。五輪を始めたクーベルタン男爵の求めた平和運動の精神が貫かれました。

今や、スポーツの政治利用は不可分になっている現代、アスリートたちの輝きはそれらを吹き飛ばすものでした。

小平選手と韓国の李相花選手はライバルでありながら競技終了後お互いに讃え合う姿は感動的でした。

こんなことを寂聴さんは言っています。「自国だけでなく、今、共にこの地球に生きているすべての人々が戦争のないおだやかな日常を保てることが共通の理想ではないでしょうか」と。

福寿草

カラスが鳴くと人が死ぬ

「ツバメが低く飛ぶと雨が降る」、「カッコウが鳴くと種をまかにゃならぬ」と昔の人は言って農耕のタイミングを計ったものです。

生き物の行動や雲の動きで天気の予想をすることを、「観天望気《かんてんぼうき》」と言いますね。中には、「カラスが鳴くと人が死ぬ」とか、「鵺《ぬえ》が鳴くと人が死ぬ」と迷信じみたことも言ったものです。

鳥たちは三億年前に生まれた人間の先輩で、地球の仲間です。鳥がいない世界なんて考えられません。

バードウォッチングで楽しみましょう。

ふらここと虹まで届け揚げ雲雀

日本人らしく語れ

二〇一九・五・二四

「アクションプランをリスペクト」。これ、わかりますか。日本語で言うと、「行動計画を尊敬」です。小池都知事が「暑さ対策ソリューションとして……」と言う。日本語で、「解決」。

英語が国際標準語というのはわかりますが、子どもから年寄りまであらゆる層の日本人に向かって難しいカタカナ語はいただけません。日本人が自国語を大切にするのは、ごくあたりまえです。

ところが、福島原発の現状を、「アンダーコントロール」とごまかし、環境問題を論ずる場で、「セクシー」と発言した小泉環境相。解釈に困る言葉です。

西村経産相は、「内需を中心にファンダメンタルズ（基礎的条件）は……」。竹本科学相は、「世界で大きなプレゼンス（存在感）を……」と。

なぜ日本語で言わないのか。ウソのため英語で幻惑するのか。カタカナ語にごまかされないぞ。

政治家諸君、日本人らしくあれ。

シラン

明るい空気に満ち溢れました

四月四日は暦のうえで「清明」といいます。春分から一五日目の清明は、「清浄明潔」を略したもので、天地がすがすがしく明るい空気に満ち溢れていることをいいます。

桜はチラホラですが、すみれは咲き始めました。

「すみれの花咲くころ　はじめて君を知りぬ」の歌の原曲は、「白いリラの花がまた咲くとき」で、まずドイツで流行し、パリのフランス語訳がヒット。視察旅行の白井鐵造が持ち帰り、宝塚歌劇団で歌わせてテーマソングとなりました。一作目を披露した際にリラをすみれに置き換えたようです。

たんぽぽに御の字つけて戻る蝶

踊子草

福島は原発事故と聖火ランナーの出発点

二〇一九・三・一七

福島の原発事故から二〇一九年で八年が経ちます。被災者は長期の避難生活に疲れ、様々な不安にさいなまれ苦悩しています。それなのに政府・東電は賠償打ち切りに躍起です。

事故当時の住民登録は、一四万八〇〇〇人ですが、二〇一九年二月現在、約一〇万人の人達が故郷に戻れていません。

政府発表の被災者は、一月現在四万二六一五人ですから、少なく見せようとする政府の意図がありありです。

政府から帰還宣言が出されても戻る人は少なく、高齢者が多い状態で、子どもたちの姿はチラホラです。小中学校の授業が再開されていますが、通学者は富岡町で一六〇名中一七人と、どこの町も少数です。

商店は少なく買い物に不便です。医療施設も限られ、病人は大変です。東京オリンピックで福島が聖火ランナーの出発点のひとつになっていますが、原発事故の報道をどこまでするのでしょうか？

はる

もう夢、幻の世界になりました

ソメイヨシノが散り、山桜が咲いて本格的な春がやってきました
道端では菫《すみれ》、蒲公英《たんぽぽ》、星の瞳（オオイヌフグリ）が咲き誇っています。
昔の女の子は、田んぼや畑のあぜ道でよく蓮華草を摘んで首輪にして遊んだものです。蝶々《ちょうちょう》を追いかけ、うっかり溜池に落ちた子供もいました。

もう夢、幻の世界です。
今の子どもはスマホでゲーム、宿題や塾に追われ、自然の中で遊びません。環境の違いは子どもの情緒の発達に多大なる影響を与えています。

　青空を仰いで採色星瞳《いぬふぐり》

ハハコグサ

幼児期に刷り込むと

二〇一七・四・一六

「チンオモウニワガコウソコウソ」とは、明治二三年発表された教育勅語の出だしの部分です。お袋が口癖のように、幼い筆者に伝えていたのを思い出しました。

幼児期に刷り込まれた考えは記憶の底に残っていることを見みせつけられました。

「森友学園」の幼稚園で園児にこの教育勅語を暗誦させていたのです。「朕惟フニ」で始まる教育勅語は、第二次大戦前の軍国主義教育の根幹をなすものでした。そこで一九四八年六月国会で排除・失効が決議されました。

同学園では毎朝、日の丸を前に教育勅語を暗誦させていました。元園児の母親は、「うちの子は旗を見ると教育勅語を唱えるようになった」(『東京』)と。さらに二〇一六年秋の運動会では園児らが選手宣誓で、「安倍首相がんばれ、安倍首相がんばれ。安保法制国会通過よかったです」と唱和させていたのです。

安倍首相は国会で当初、「妻から、森友学園の先生の教育に対する熱意はすばらしいと聞いている」と語っていました。

教育評論家の尾木直樹さんは、「この教育は政治教育を禁じた教育基本法一四条二項に抵触しています」と。これを放置している担当部署も無責任です。

二〇二〇年「日本メーデー一〇〇年祭」

「今日は五月一日だ／五月祭の朝だ／空はほがらかに晴れ／…／熱狂と熱狂との後先もない燃焼、発射される拳銃」百田宗治。

「かれは労働者 —— 一個の機械職工なりき／かれは常に熱心に、且つ快活に働き」石川啄木。

「生活の中で食ふと言ふ事が満足でなかったら／描いた愛らしい花はしぼんでしまふ」林芙美子。

「私達は労働者だ。／私たちは仲間の死を悲しむ。だが／私達は其の死骸を踏み越えて／進まなければならない」松田解子

「おれたちは交通労働者だ／新しい日本のプロレタリア」今村大力

靴底にいつか陽光与えけれ

ギシギシ

必死で生活に喘《あえ》いでいる

二〇一六・五・一五

さわやかな風が野山に吹いてたいへん過ごし易い季節になりました。しかしこのさわやかさを感じるゆとりもなく必死で生活に喘いでいる人達がいることを思うと心が痛みます。

今年のメーデーのスローガンは安保法制・戦争法の廃止が大きく取り上げられていました。もうひとつは人間らしく働けるる雇用ルールの確立と貧富の格差をただす問題です。

「エコ」とか「地球にやさしい」とかの宣伝文句と裏腹に企業のリストラが横行する現代、非正規でしか就職できない若者が沢山います。派遣社員の行き着く先は金をたくさん出す被爆の危険がある原発労働者です。

三年前、脅迫文を送りつけた容疑で逮捕された三六歳の派遣社員は、「負け組みに属する人間が成功者への恨みを動機に犯罪に走る」と述べています。自殺の増加も見逃せません。

内村鑑三の孫弟子にあたる化学の先生は生徒たちに少量の液体を調べさせました。結果は水と少々の塩分。シーンとする生徒に向って、「これは子どもを亡くした母親の涙だよ」と、命の尊さを諭したと言います。

はる

花が精一杯生きているように

桜はちる、梅はこぼれる、牡丹《ぼたん》はくずれる、椿はおちる、これは「雅《みやび》のことば」と言い、平安時代の女流歌人たちが大切に表現した心得だそうです。

散る花の儚《はかな》い風情を深く観察したところからきている表現です。平安時代の、短くずばりの表現に感服しました。

変わらない景色、山や川、草や木々、そして花。同じように見えても去年と今年では違うのです。

花の一輪が精一杯生きているように私たちも今日を過ごしたいものです。

うらうらとのぼうの城の酸模草《すいばぐさ》

日本への英語侵略

二〇一九・五・一二

今の日本社会はカタカナ語であふれています。スキャンダル、ダブル、ライフスタイル、ガイドライン等々…。ほとんど英語ですが、無意識のうちに英語の方が日本語より上とか、物事を良く知っているという優越感を抱かせます。

日本語も満足に書けない小学生に英語教育とは考えものです。真の愛国者は日本への英語侵略を放置すべきではありません。

平成から令和へ、万葉集に関心が集まり関連の本が売れたと聞きます。戦前、万葉集は大伴家持の「海ゆかば」の歌で国威発揚と忠誠心を唱和させたことを忘れるわけにはいきません。捕虜になった日本兵の多くが万葉集を持っていたことに米軍は不思議がったとのことです。

戦前の反米から戦後の親米へと変わり、さらにオスプレイや辺野古埋め立てと「半米」へと進化。日本らしさが衰退し、アメリカ化が横行。これでいいのでしょうか。

マーガレット

はる

ヤッホー」と山彦が返ってきました

心地好い風が吹いて木々がわずかにざわめいています。花々が咲き乱れ、その間を蝶々が飛び交ってまさに春欄漫です。

小五の孫娘と小高い丘に登り、ヤッホーと大声で叫びました。ところがどうです。はっきりとヤッホーと山彦でない返事が返って来たのです。驚きつつチビ娘は、「お元気ーですか」と。「元気だよー」の返事。同じ年頃と思われる女の子の声。姿は緑の梢の茂みで見えません。もう一度「ヤッホー」。

五月三日は憲法記念日、平和の有難さをつくづく感じた一コマでした。

　ヤッホーと平和の呼び声こだまする

落語の清兵衛さんもビックリ

二〇一八・五・一三

「そば清」という落語、そばの好きな清兵衛さんがモリそばを五〇枚平らげれば五両もらえるというカケをする噺《はなし》です。

清兵衛さんはそばのカケはどうもだめで、モリ専門。「どうも」といってすぐたいらげる。七味唐辛子でなく、ゴミの混ざった十二味唐辛子もあるという薬味。

なにしろ清兵衛さんはカケで家まで建てたというご仁。長野からの帰り、猟師が蛇に飲み込まれるのをみた。蛇は猟師を溶かす薬草も飲み込む。それを見ていた清兵衛さんは薬草を持ち帰ります。

四九枚モリを平らげ、もう一枚で五両。障子の影に隠れて薬草を飲み込んだら、なんとそばが羽織を着ていたというのが落ち。

今の政治のモリ（友）は、国有地をゴミがあると安く売る話。カケ（学園）新設は首相のご指南がある特別扱い。

これには清兵衛さんもビックリ。俺の特許を盗んで勝手に真似をするなと。

ミツマタ

当然の事を感動する心を持ちたいですネ

五月を皐月《さつき》とも言います。皐月の皐は白い光を放出する様子だそうです。また、「さ」下《お》りと言い、田の神様を表すとも言います。田の神様が山から白い光を放って下りて来て田植えを催促するというのです。早《さ》苗《なえ》、早乙女《さおとめ》の「さ」は接頭語で神に捧げる意味合いです。五月四日の夜に男性が女性にお酒をふるまい、五月の節句には田の神様を迎えるために、女性が家に籠って身を祓い清めた習わしがあったようです。

いずれにしろ風薫《かお》る季節、「柳は緑、花は紅」、当然の事を感動する心を持ちたいものです。

青の中走れる喜び万華鏡

仏の座

人生に定年はありません

二〇一四・五・一六

「ベーゴマをまわしていた男の子たちは、いつのまにかメンコ遊びをしています」「いち、ぬけた!」「にぃぬけた!」と懐かしさがこもる風景を書いているのは落語家故林家三平の奥さんの海老名香葉子さんです。

今日はこれを読んで皆さんに幼い頃を思い出してもらい、喜んでもらおうと特別養護老人ホームへ出かけました。予想通り参加者の目が輝いていました。目の悪い人たちに、本を読み聞かせる音訳ボランティアグループ、こういう時こそ活動冥利につきるというものです。

特養の人達は長時間同じテーマに耐えられません。そこで二〇分ぐらい過ぎると、一緒に知っている歌を唄います。今の時期は「春よ来い」とか「春の小川」とかを唄うと喜ばれます。

今回は何を読もうか、唄おうかと考えることが自分の活性化と老化現象の停滞につながっていると思われます。

こうした機会があることに感謝です。会社に定年はあっても、「人生に定年はありません。老後も余生もないのです。死を迎えるその一瞬まで人生の現役です」と、長寿院篠原鋭一住職は述べています。

夏

「一期一会」の「利他」を考える日本人の心

新茶の美味しい季節になりました。

「茶会に臨む際は、その機会を一生に一度のものと心得て、主客とともに互いに誠意をつくせ」といったのは千利休です。この教えから出来たことば「一期一会」は、私たちにこの一瞬一瞬をいかに大切に、他者を思いやり、生きていくかを考えさせるものです。

「自利」と「利他」、自分の利益と他人の利益を併せて持った日本人の「和の心」を梅干（長寿と健康）と昆布（喜びをつなぐ）を入れた大福茶を飲んで、きな臭い世の中の動きに対抗して広めたいものですね。

子供らと蛍袋に蛍入れ

病気は治癒力《ちゆりょく》で治す、薬は手助け

二〇一七・六・一八

緑の滴る季節になりました。イタドリの葉もぐんぐん伸びています。子どもの頃転んですり傷ができると、若葉をもんで付けて痛みを和らげたものです。誰に教わるのでもなく、子どもらの言い伝えだったような気がします。これこそ民間療法の一つです。

アマチャヅルも生えて来ました。一時強壮剤として流行り、植えたものでした。

お医者さんに掛かるといっぱい薬をくれて、飲みきれないで結局は捨てる…。製薬会社の戦略に乗せられているとしか思えません。

薬には副作用があり、三種類以上の飲み合わせはやめたほうがいいという本もあります。

病気を治すには、本人の治癒力や免疫力で、薬はその手助けです。西洋医学の薬だけが良いわけではありません。

昔からの野草の民間薬も考えてみたらという週刊誌にも出会いました。ドイツの医学部では、薬草に関する科目が必修だそうです

茶の花

「お山の杉の子」の聖誕地は？

「丸々坊主のはげ山　これこれ杉の子起きなさい　小さな杉の子顔出して　椎の木はこんなチビ助と大笑い　何の負けるか今に見ろ　大きくなってお役に立って見せます」と歌う『お山の杉の子』の作詞者は吉田テフ子です。

軍事下の昭和一九年、「大きな杉は　兵隊さんを運ぶ船　本箱お机　下駄」と、サトウハチロウの補作、佐々木すぐる作曲で盛んに歌われました。

吉田は青梅の御岳の杉山を観てこの歌詞を考えました。戦後改詞され今でも歌われています。この歌碑は御岳駅近くの河原にあります。

陽《ひ》がさして助六歌舞伎の杉木立

杉

孤独ブームで〝ひきこもり老人〟

二〇一八・六・一七

大正十一年生まれだと令和二年で九八歳。寂聴さんはもう充分長寿です。

老いの人生には長老、向老、愚老、快老、老躯、老苦と様々な人生があります。「人生僅か五〇年」と歌舞を舞って散っていった信長の時代と違い今は一〇〇年時代です。

この時代、多くの人が孤独を感じて生きているとか。「孤独ブーム」という言葉が聞かれます。過って「きつい」「汚い」「危険」を3Kと言いましたが、いまは「孤独」「健康」「金銭」が3Kです。

中でも孤独は老人に取って深刻な問題で、「ひきこもりの若者」でなく、「ひきこもり老人」が増えているようです。足が衰え、一人部屋に閉じこもる。家族と一緒でも勝手に一人で食事をしてテレビを見るだけの生活。

寂聴さんは言います。「お互いに孤独なんだから、そうやって笑うといいのよ。ワハハと笑うと気分も明るくなり、孤独も寄り付かなくなるわよ」と。

黙読は西洋文化

六月十九日は朗読の日です。六はろう—で、十はど—。九はく—、と語呂合わせです。

江戸時代までは何かを読むと言えば、音読が一般的で、黙読は西洋から入ってきた文化で明治以降の事です。朗読は一本調子では、「チコちゃんに叱られ」ます。紫陽花《あじさい》のように七変化でいきましょう。

紫陽花は日本原産で西洋に紹介したのはシーボルト。新種の紫陽花を愛した遊女お瀧の名を取って「おだくさ」と命名しています。花の色は土壌が酸性だと青、アルカリ性だと赤です。朗読も読むものや、聞く人によって七変化したいものですね。

　森の中妖怪もどきの七変化

取り残された人達・広がる格差

二〇一九・六・一六

令和だ天皇代替わりだとそのフィーバー（熱狂）の陰に取り残され、見向きもされない人達がいるのを忘れるわけにはいきません。

社会的には沖縄辺野古の埋め立てや福島原発。人為的には増々広がる格差の中でじっと耐えている貧困家庭。

満足に食事も取れない子ども達は学校給食が救いです。五月の長い連休はどのような食事をしたか気になります。

二〇〇七年の調査では一四・二％、七人に一人が世帯年収一三〇万円以下で困窮している事実が判明しています。

現政権は、統計の不正調査で賃金の上振れをしてアベノミクスの成果を強調しましたが、貧困の実態は改善していません。崖プチに立たされている人たちの四年前からの生活保護削減は、就学援助金や保育料に悪影響を与えて生活苦を一層強いています。憲法二五条の「生存権」が脅かされている事実があるのです。

アジサイ

四つの節句の一つ「たなばたさま」

「ささのは　さらさら　のきばにゆれる」で始まる『たなばたさま』の歌は、昭和一六年の文部省唱歌です。

古代中国から伝えられ日本に定着した節句は、三月三日の桃の節句、五月五日端午の節句、七月七日の七夕、九月九日菊の節句でした。

七夕の扱いは古く万葉集にも載っています。万葉集の作者は、七夕の彦星と織姫に因んで自分たちの恋愛をみごとに長歌や短歌に歌い上げています。『たなばたさま』の二番「五色の短冊私が書いた」の歌詞は、淡い恋心を歌ったのでしょうか。現代版たおやめぶり（女性的）ですね。

短冊に幼き頃の願い書き

ネジバナ

違った意見にも耳を傾ける…これが民主主義

二〇一八・七・一九

「No９」とプリントされたTシャツを着た女性が、参議院の委員会を傍聴しようとした時、入口で職員に制止された。「示威宣伝に当たる」という内規に違反しているという。

「一だったらいいですか」と尋ねると、「一だったら大丈夫」。「五は?」、「大丈夫」。

どうやら憲法九条擁護と読み取ったらしい。結局、この女性、手持ちのカーディガンでTシャツの文字を隠すことを条件に入場許可。

京野菜の「九条ネギ」Tシャツを着た多数が護憲を叫んだら? と聞くと入場はお断りするという。

前川前次官の講演が政府批判を理由に断る例が各所でおきている。

一方、学術界では戦前の東南アジア植民地支配を批判した論説に反日的と攻撃する。

民主主義とは、表現の自由があり、違った意見にも耳を傾けることだ。政権に忖《そん》度《たく》するような意見ばかりでは日本は衰退する。

『赤い鳥』本は有名人を多数出しました

月刊の児童文学雑誌『赤い鳥』は一九八八年で創刊から一〇〇年です。児童文学者の鈴木三重吉が主宰し、童話と童謡を創作する「子どものための芸術」として創られました。島崎藤村、泉鏡花、芥川龍之介らが童話を書いて北原白秋が童謡を寄稿。

一九一八（大正七）年七月の創刊号には、芥川の「蜘蛛の糸」や白秋の童謡などが誌面を飾り、それ以後、高浜虚子、谷崎潤一郎、菊池寛、小川未明らも作品を発表しています。そして、「ごんぎつね」の新美南吉や坪田譲二の作家を生み出しました。現在は学年別に『赤い鳥』の名作が刊行されています。

赤い鳥黄グモの糸がからむ夏

鷺草

お国のために桐の木が……

二〇一五・七・一二

今、桐の葉が青々と茂っています。桐の木がまた増えました。まず一郎、そして二郎。「お国のため」という名目で華々しく出征してゆく息子たちを複雑な思いで送り出す母親は、そのたびに桐の木を一本植えるのです。三郎、四郎、五郎の時もそうでした。

「一郎、二郎、元気でいるかい？」と木に優しく語りかけながら息子たちの安否を気遣う母。ついに五郎にまで出征の命令が下る。汽車で戦地に旅立つ五郎の足もとにすがりつく母に「非国民」と憲兵が蹴り上げ、尋問をうけることに。

この話は児童文学者、大川悦生著の「おかあさんの木」で、小学校の国語教科書にも取り上げられた作品です。

二〇一五年六月に戦後七〇年記念作品として東映が全国で上映しました。七人の息子に七本の桐の木、「戦争に行かせるんじゃなかった」と木に向かって許しを請う母の姿。

「あの木は切ってはいかん…あれは、おかあさんの木じゃ」とつぶやく老女。いま忍び寄る軍靴の響き。不安定雇用の若者たち。その貧困。それに目をつけた自衛隊は不足の隊員募集を全国で行っています。それでも集まらない時は徴兵制？

緑陰

夏の山を形容して「山滴《やましたた》る」といいます。青葉が茂り、その青さが水の滴るように美しいことを指します。

炎天下を歩いてきて、木陰を見つけて入った時の何とも言えない涼しさ、ほっと人心地を誰でも感じるものです。

江戸時代、八王子代官の大久保長安は広い武蔵野のススキ野原に緑陰づくりを思いたち、榎を一里ごとに植えて旅人に喜ばれました。今寺にある一本榎は、三〇〇年後の今も長安の存在を伝えています。

炎天下緑陰えの木そっとなで

ホタルの独特の遺伝子

二〇一七・七・一六

「ホーホーホタル来い」と竹箒《たけぼうき》を振りまわして捕ったのは遥か昔です。寺の鐘の音が消えてから二時間ばかり経つ夜八時ごろ、ヘイケボタルが飛んでいます。

ここは、東青梅駅から徒歩二〇分で行ける青梅の森です。

初めてホタル観賞会に参加した人は、こんな手近なところでホタルが見られることに先ずは感激。

青梅の森にはヘイケもいればゲンジも自然界の一員としてとびかっています。どこかのホタル狩りのように人工繁殖させたものではありません。自然繁殖が良いのです。

ホタルはその川や谷で遺伝子を持ち、混生を避けるのが、自然界の鉄則です。専門家の調査によれば青梅の森には水生ホタルが三種類、陸生ホタルが四種類いるそうです。

こんなに良い自然遺産を、手入れに維持費がかかるので都へ丸投げしようとする当局の姿勢にみんなびっくりです。

榎

『椰子の実』が流れた結果は？

南の島で「いづれの日にか国に帰らむ」と兵士たちが口ずさんだ歌は『椰子《やし》の実』です。明治三一年帝大生の柳田国男は伊良湖岬で椰子の実を発見。詩人仲間の島崎藤村に話すと、藤村は詩「椰子の実」を発表します。

その後、藤村は自然主義作家として名をなし、柳田は民俗学を学び藤村の自然主義を否定します。柳田は藤村の実兄が自分を利用しようとしたことに激怒し、藤村と絶交。

その後これを作曲したのは大中寅二で、昭和一一年の軍国主義の真っただ中です。軍国歌謡として東海林太郎が歌っています。

椰子の実のロマンを語る耳あて貝

歌は世につれ、世は歌につれ

二〇一九・八・一五

日本の終戦記念日は八月一五日。終戦とは戦争が終わったことと、もう戦争はしないという意味も含まれています。戦艦大和を浮かべた海も、ゼロ戦で戦った空も、終戦の日は波静かで平穏でした。

小倉百人一首の「わたの原　漕ぎ出て見ればひさかたの　雲居にまがふ沖つ白波」

大海原に舟を漕ぎ出して眺めわたすと、雲と見まがうばかりに沖の白波が立っているという法性寺入道の歌がピッタリです。

卒業式で歌われる「蛍の光」の蛍は夏の虫です。なぜ三月に歌われるか不思議でした。

歌われ出した明治一四年頃の師範学校は九月に始まり七月が終了で、蛍の光が歌われたのです。その後学期が変わり三月になりました。

この歌の四番は「千島の奥も沖縄も八《や》州《しま》のうちの守りなり」。八州とは日本でまさに軍国調です。「歌は世につれ、世は歌につれ」とはよく言ったものです。

ホタルブクロ

大海原はあこがれ

「海は広いな大きいな」は山育ちにとって、大海原はあこがれです。『我は海の子』になりたい一心で泳ぐのですが、岩がごつごつした山峡の川で覚えた泳ぎはしれたもの。

我はの歌は大正三年（一九一四）に六年生用として初めて掲載されました。郷愁を誘う心象風景を歌ったもので、故郷へ帰りたいけれど帰れない「故郷喪失」を歌う大人の歌詞になっています。

よく歌われる「故郷《ふるさと》」が山や川の忘形なら、こちらは波へのノスタルジアです。戦前は七番の、「さあ軍艦に乗り込んで　私は護ろう海の国を」が歌われました。

潮騒に頭亡くした麦わら帽

朝顔

自分が楽しみ 他人をよろこばす趣味とはすごい！

二〇一三・八・二

庭の奥が明るい。照明が白い大きな花を照らしています。ハハーン、ご主人がこの花を見せたいがためにわざわざ電球を設置したようです。これはかつて本で見た「月下美人」!?

成長が遅く、なかなか花をつけないとか。夜咲いて朝にはしぼむこの大輪が九つも一度に見られるとは最高に幸せです。

なる程、強い芳香を放ち、咲いていることを誇示するかのようです。花ことばの「ただ一度だけ会いたくて」に納得。

ここのご主人、花いじりがご趣味とみえて、季節の花々を次々に咲かせていきます。ただ咲かせるのではなく、道行く人たちを楽しませてくれるのです。春には桜草のポットが一〇〇個以上並べられ通行人の心をなごませています。

なかなかできることではありません。手間も金もかかっているはずです。さらに暇をみつけては、箒とちり取りで道路のゴミひろいをしています。頭の下がる思いです。このような献身的な人が増えれば町が住みやすくなり、ひいては世界平和につながるのだと思うのは考えすぎでしょうか。

八面玲瓏の高嶺

「富士の高嶺に降る雪も京都ぽんとちょに降る雪も」と謳われる雪。

雪をかぶった富士山は絶景かな絶景かなで、どこから見ても美しいという八面玲瓏《れいろう》という言葉がこの山から出来たのも分かります。「一度は富士登山」と志す人が多いのも理解できますが、石ころだらけの頂上を目指すのはどうも。

画壇の巨匠が富士を描く、写真家が写真を撮る、いずれにしろ雪があって最高傑作が生まれます。さらにすそ野の優美さ。登山家の小島烏水《うすい》によれば、「本邦において…最大の線であろう」と絶賛しています。眺める富士山がいいと思いますが賛成していただけますか。

青春はすそ野が続く不尽と視ゆ

然え立つ「でいご」の花のようです

二〇一五・八・一五

でいごの花は、沖縄を代表するような花で、春から初夏にかけて真っ赤に咲きます。でいごの花を歌詞にした『島唄』は過ってレコード大賞受賞、大ヒットした歌です。戦後七〇年の今、この歌の本当の意味を見つめ直す必要に迫られています。

「でいごの花が咲き／風を呼び／嵐が来た」（一九四五年春、でいごの花が咲く頃、米軍の沖縄攻撃が開始された）「でいごが咲き乱れ／風を呼び／嵐が来た」（でいごの花が咲き乱れる初夏になっても、米軍の沖縄攻撃は続いている）「くり返す／悲しみは／島渡る／波のよう」（多数の民間人が繰り返し犠牲となり、人々の悲しみは、島中に波のように広がった）

そして歌詞は続きます。

「島唄よ／風に乗り／届けておくれ／私の涙」（島唄よ、風に乗せて、沖郷の悲しみを本土に届けてほしい）。この悲しみは、いやされることなく米軍基地の密集地となり、深い怨念が沖縄の人たちに残りました。

名護市辺野古への新基地建設反対の声は、真っ赤に燃え立つでいごの花のようです。アメリカの言いなりに新基地建設と戦争立法を強行する政権は、世論の包囲網にあって窮地に立たされます。

ディゴ

ちひろは子どものしあわせと平和を貫いたのです

色彩のにじみ、輪郭をはっきりさせないぼかし、子どもの繊細な感情を豊かに表現した水彩画家いわさきちひろ。今年（二〇一八年）で生誕一〇〇年です。

子どものしあわせと平和を主体にした絵は、見る者の心をやわらげます。当初、かわいらしすぎる、もっとリアルさがほしいと言った意見があったようですが、「感じる絵」として初心を貫きました。

中野の家を空襲で焼かれた経験から平和への想いはひとしお強かったようで、ベトナム戦争の、親が子を抱いて守る凛とした顔は忘れられません。どんなちいさな子にも人格があるという目の表現は見事です。

楚楚《そそ》ちひろ幼な子ひとみ輝きぬ

ねむの木

「ダイアログ」の体験をしましょう

二〇一六・八・二〇

「最近心にかかることの一つに、視覚障害者の駅での転落事故が引き続き多いことがあります」と、八二歳の誕生日を前に皇后がメッセージを寄せています。西国分寺駅での死亡事故を思ってのことでしょう。

幅約九メートルのホームは片側だけに線路があり、妨げるものは何もありませんでした。ここには、危険防止のホームドアはなく、駅員もホーム上にはいませんでした。国鉄時代はどこの駅にもホームに駅員がいましたが、民営化後はほとんどいません。

一方、社員研修で真っ黒な室内を体験する「ダイアログ・イン・ザ・ダーク」(全盲の立場を体験)が五〇〇社にのぼり、弱い立場の人たちを理解することで、目の見える鈍感さをいましめています。

皇后は「ホームドアの有無のみに帰せず、様々な観点からの考慮」とも述べています。

青梅線のドアの開け閉めは、自らしないとできない仕組みになっています。全盲の人やたまに電車に乗る年よりは戸惑っています。いくら、寒さ暑さ避けとはいえ健常者だけ乗るわけではありません。すべての人が一度は「ダイアログ」の体験をすべきだと思うこの頃です。

落葉松をどう感じますか

どうしてこう悄然とした寂寞感《せきばくかん》を与える樹木なのでしょう。「からまつはさびしかりけり」と詠った北原白秋の『落葉松《からまつ》』の影響が大きいような気がします。

松の木の中で松葉が黄ばんで一斉に落ちて、枝が寒さに震えているような冬の風景に出会うと、だれもがこう感じるのかもしれません。しかし、萌黄色《もえぎいろ》に染まり青空に凛《りん》とした春の立ち姿は、快々《おうおう》しさを感じさせ、我ここにありと叫んでいるかのようです。日本原産※のカラマツは先駆性植物※※で強風に耐えるりっぱな立ち姿なのです。

紺碧《こんぺき》に落葉松大きく背のびする

※　漢字で唐松と書く場合もあるが、中国の唐から来たのではない
※※　裸地に初めて定着する植物

笛をもてば吹きたくなるのが人情

二〇一九・八・四

太鼓があれば叩きたくなる。笛を持てば吹きたくなる。これは人間の感性です。第二次大戦中に原爆を開発した米国は当然実験したくて広島、長崎に的をしぼり落としました。

日本人が白人種だったら落とさなかったとの論があります。ホワイトハウスをブラックハウスと置き換えますか？　ブラック＝暗黒時代、黒幕とか、ブラック企業とか。黒は人間社会にとって否定的に使われがちです。米トランプ大統領は、非白人議員に対して、「国に帰ったらどうか」と人種差別発言で非難されました。

核兵器禁止条約は二〇一七年七月、二二ヵ国の賛成で国連で採択。被爆国である日本は、トランプに気を遣い採決に不参加。席にはポツンと折り鶴が置かれていました。日本は署名、批准もしていません。

八王子市議会は今年六月、条約の署名、批准を求める意見書を採択しました。

イチイ

『青い鳥』を表現したのは誰でしょう

一九〇九年、メーテルリンクは『青い鳥』の中で、幸福は身近にあると表現しました。同じ年に生まれた松本清張、大岡昇平、中島敦、太宰治、埴谷雄高、花田清輝の文学者たちはそれぞれ独自の文体表現で人間の生きざまについて書き連ねています。

平和とは戦争がなくて世の中が平穏であることをいいます。八月一五日は終戦記念日。戦後、日本が戦争に巻き込まれず一人も戦死者を出していないことを深く認識します。日本国憲法は前文で平和主義に関する基本原則を示し、九条で平和に向けての目的と手段を示しています。「支配したり服従しないでいる人間だけが、ほんとうの幸福」とゲーテは述べています。

青つたに抱かれて眠る戦没碑

月桂樹

人が暮らすために国家がある

二〇一八・八・一五

上野の「西郷どん」銅像の除幕式で、西郷未亡人は「うちの人に似ていない」と言ったという。イト夫人としてはあのような粗末な服装ではなく、政府高官にふさわしい鋼像を望まれたとか。

上野の森の一隅に観光客らしからぬ人の群れが粗末な椅子に座り、何か説教されています。側に山のように積まれたお弁当？　過ってのようなブルーシート（仮家）は見当たりません。

高層マンションの立つ古い平屋。そこにひっそりと住む『万引き家族』。是枝監督はこの映画でカンヌ映画祭最高賞を受賞。

増々広がる格差社会の中で社会からこぼれ落ちた人たちを丹念に描く作品を是枝監督は、「国家のために人がいるのではなく、人が暮らすために国家がある」と言い放ちます。

コロンビアに勝ったサッカーでお祝いを言う安倍首相、この映画受賞にはだんまりです。

秋

サトウハチロウはマザコンだった？

まだ時折暑いですが「わずかなすきから秋の風」を運んで来ています。それは「だれかさんがみつけた小さい秋」です。

今の時節にピッタリの詩歌『小さい秋』はあのサトウハチロウの創作です。放蕩無頼な生活からよくこのような人情味あふれる細やかな詩歌、二万個が出来たとは感心するばかりです。その内、三〇〇〇個が母への想いが綴られているとの事です。父の故郷である青森へは一回しか行ってないのに、母の仙台へは五〇回以上訪れています。一種のマザコン？どこかで自分の小さい秋を見つけたいものですね。

猫じゃらし小さな秋にご挨拶

唱歌『春の小川』の作詞者は反戦主義者だった

二〇一八・九・一九

夏の高校野球で旋風を巻き起こした秋田の県立金足農は、地元だけでなく、全国の球児たちを励ましました。

プレーだけでなく体を反りながら笑顔で歌う「全力校歌」も有名になりました。可美《うま》しき郷《さと》で始まる校歌は、「故郷」や『春の小川』などの唱歌をつくった岡野貞一作曲、近藤忠義作詞のコンビです。

この校歌、厳しい自然のなかで農業へ勤しむ若者の姿を「やがて来む文化のあさけ　この道にわれらひらかむ」と歌い上げています。

作詞家の近藤氏は、東京音楽学校（現東京芸大）の講師でしたが、思想問題で解任。その後、法政大の教授を務めましたが、治安維持法で検挙され、獄中で終戦を迎えます。

戦後、日本文学協会の創設に国文学会の重鎮として参画しました。彼は、戦時中、生徒が次々に招集され、止められなかったことを痛恨しています。

萩

与謝野晶子が戦争擁護派になっていきました

「はやく水を入れてください」ときんぎょは声をそろえていいました。「水はどこへ入れるんですか」「電車へ水を入れてください」と会話する『きんぎょのおつかい』という可愛い童話を書いたのは、あの与謝野晶子です。

「君死にたまふことなかれ」という反戦歌を詠ったのは明治三九年、晶子はそれから三八年後の昭和一六年、「わが四郎　み軍《いくさ》にゆく　たけく戦いへ」と子供を詠んで戦争擁護派になっています。

縦一五cm横三〇cmの水槽にいる金魚は三匹。体長は一五cmに近い。狭い我が家で息も絶え絶え、霞川にいつ放つか秒読みになっています。

幼子のコチョコチョ笑いねこじゃらし

老人も現役も不安だらけ

二〇一九・九・一〇

二〇一五年九月、八〇歳以上の人口が初めて一〇〇〇万人を超えました。日本の国民皆保険制度や公的介護保険制度はすぐれたシステムですが、不安がいっぱいです。

介護保険料は二〇〇〇年に始まった時は、月額二九一一円でしたが、二〇二五年には八二〇〇円近くになるとのことです（市区町村で額が異なる）。そして、医療保険も負担が増えます。

一方、介護する職員の現状はどうでしょう。他の職種に比べ給与水準が低く、労働の割には労働条件が悪く割に合わないと辞めていく人が多いのです。人材確保が難しい職場になっています。

高齢化社会を支える現役世代は非正規雇用者が増え、格差が広がっています。核家族化や、結婚しない人、若者も少数で頼りになりません。

「老いたら他人に依存しない生き方が望ましい」とある本に書いてありましたがどうでしょう。

彼岸花

あき

昔の月は非常に美しく輝いて見えたことでしょう

昔から日本人が繊細な情緒を表す言葉に花鳥風月があります。

その中の月、旧暦の八月は秋の中間にあたり中秋の名月です。

「月々に月見る月は多けれど　月見る月はこの月の月」詠み人しらずのこの歌、平安の昔は今と違って真の暗闇《くらやみ》の中で月は非常に美しく輝いて見えたことでしょう。

一五夜には団子や里芋、ススキなどその時節に収穫された果物などをお供えします。江戸時代に書かれた『後水尾院《ごみずのおいん》当時年中行事』には芋や茄子を供え、茄子の穴から月を見て願い事をすると叶うという習慣があったようです。

このままで在ればと願う孫と月

ススキ

戦後七〇年余の平和では短すぎる

二〇一五・九・一三

相撲の神様武南方乃命《たけみなかたのみこと》を奉《たてまつ》る虎柏神社のお祭りが「例年どおり」無事に終わりました。お諏訪さまと呼ばれるこの神社は延喜式内社で格式と歴史をもっています。お参りに来た人たちは時代の変転を見つめて泰然と鎮座する社の神様に何をお願いするのでしょうか。

みんなが健康でしあわせに暮らせますようにとお願いするのは、ごく普通の日本人の感覚です。日本には美しい自然に囲まれた風景があり、四季それぞれの変化に富んでいます。方《かた》や自然災害の脅威にさらされます。

そこで自然への憧憬と怨嗟《えんさ》が交差し、何かにすがりたい心が生まれ、自然崇拝的に神様が創造されたと思われます。「例年どおり」とは七〇年の平和な世の中が続いてきたことです。

ところが「積極的平和主義」を唱える国のリーダーは、世論がどうあろうと「安全保障」という甘言で武力による「集団的自衛権」行使を企んでいます。それは、自然という神への挑戦であり、悪路への道です。「平安時代に四〇〇年、江戸時代に二五〇年続いた世界でも稀なるうるわしい平和国家の伝統を再認識してほしい。戦後七〇年の平和では短かすぎる」(『東京』8／24)とは哲学者梅原猛氏の弁です。

わたしは強健な花です

線路わきにコスモスに似たオレンジ色の花がしんみりと咲いています。電車が来ると大きく揺れますが、その後平然としています。荒れ地で育つ強健な花で、キバナコスモスと言われています。

コスモスの原産地はメキシコで大正時代に日本に来ました。コスモスの名前がついていますが別の種類で、葉の切れ込みが荒く、花が長く咲き続きます。黄色の花もありオレンジ色と競っています。その後赤の品種が日本で開発され、花の審査会※で金賞に輝きました。

村時雨《むらしぐれ》キバナコスモス濡れて立つ

※　花の審査会名は「オールアメリカセレクション（ＡＡＳ）」

キバナ

傷はいつまでも癒《い》えない

二〇一九・九・四

「相手を知り、違いを理解しようと努力すること」が大切だと広島平和記念式典で子ども代表は述べました。

徴用工問題もこの言葉が当てはまるのです。

徴用とは国家権力が国民を強制的に動員し一定の業務に従事させることです。戦前日本は中国や朝鮮半島から日本の炭鉱等で働く労働者を募集しました。募集が勧誘になり、やがて強制連行になったのです。

日本軍が畑などで働いている農民をトラック等で誘拐したのが強制連行の実態です。女性の一部は従軍慰安婦にさせられました。

昔の喧嘩でも殴った方は覚えていなくても、殴られた方は傷跡も残り一生忘れないものです。

三五年にわたって韓国を植民地にした日本。こうした歴史を踏まえ冷静に対応するのが日本政府の役割です。気になるのはメディアが徴用工問題の真実を解き明かそうとしないことです。

あき

口に含んでキュウキュウと鳴らしましたネ

庭の鬼灯《ほおずき》が色付き始めました。

昔は女の子たちが鮮やかな朱色の熟した実をもぎとり、手でもんでうまく種を抜き取り、口に含んでキュウキュウと鳴らしたものです。

こんな話に出会いました。旅人が山深い一軒家に宿を取った。庭に一面の鬼灯が。旅人は思わず手を伸ばし女の子のように口に含んだ。これを見た宿の主人。「これはお日様の赤ん坊で、毎朝一つづつ、ここで育ったお日様が空に昇って行かれる。なのに、あなたは！」と。

鬼灯の花言葉は、かわいい感じ、自然美、偽り、誤魔化しだそうです。

鬼灯と赤さ比べの日が暮れる

メディアは権力への忖度《そんたく》報道でいいのか

二〇一九・一〇・一三

大量の情報を多くの人に伝達し追及するのがマスコミです。

この頃マスコミの言葉が消え、媒体、中間、中庸《ちゅうよう》のメディアが使われます。名は体を表してメディアは考えない、調べないのが基本とか。

ジャーナリストの基本は権力に媚びないことです。

『東京』の望月記者が官邸記者クラブで官房長官に連続の質問。官邸側は恫喝で質問打ち切り。他の全国紙記者は官邸を追及しすぎると「知る権利が阻害される」と黙り込む始末。

それでなくても『読売』のように政権よりぶりは異常」というのは斎藤貴男ジャーナリスト。

NHKも同類項。「問題をトップで扱うな」「昭恵夫人の映像を使うな」と上層部が指示したと山下芳生議員が内部告発で追及。各メディアは小さく報道。これでは、政権、権力への忖度でしかありません。

問題情報は懐疑的に捕らえるのが今の常識？

オシロイバナ

〝いつの日か帰らん〟望郷の思い

「しずかなしずかな『里の秋』、兎追いしかの山の『故郷《ふるさと》』」、いずれも懐かしい唱歌です。

東日本大震災以後、第二の国歌は「故郷」と言われています。三番の「いつの日にか帰らん」というフレーズは、原発事故で故郷を追われた福島の人達にとって「いつか故郷に帰ろう」でなく、「帰りたくても、もう帰れない」という思いが切実です。タシケントの日本人抑留者墓地を訪れた政府首脳陣もこの歌を歌っています。

『故郷』は、日本の都市化の中で、心を慰める郷愁の心象風景として歌い継がれていくでしょう。

ふるさとは心の奥に鎮座する

リンドウ

義援金、弔慰問、見舞金まで収入とみなされる酷い措置

二〇一八・一〇・一四

東京のある男性四九歳は自身を「室内ホームレス」と表現。エアコンがあっても使用せず、ガス代節約で洗面器に水をためて体を洗う。食事は一日に一食か二食、金を使わないように食べて寝て近所をぶらつくだけの生活。人付き合いもしない。できないのだ。

こんな生活なのに今受けている生活保護費を下げるなんてと怒る。生活保護費は、この一〇月から二〇二〇年一〇月まで最大五％下げる。

東日本大震災では義援金や弔慰金、見舞金などを収入とみなされ、生活保護停止・廃止されたのが四五八件。熊本地震や九州北部豪雨でも同様な事態。

「被災して苦しんでいるのに追い打ちをかける冷酷なやり方は、絶対にあってはならない。他の野党とも協力してそういう事態が起きないよう政府に対応を求める」とある党幹部。国民に冷たい政権に怒り心頭だ。

あき

虫の声を芸術まで高める日本人は世界的に珍しい

コオロギが鳴きだすと秋が来たのだなと思うのです。その鳴き声はどこかさみしく、灼熱にさらされた夏の思い出を追いやるようです。虫の声を文学的、芸術的にとらえるのは日本人の特徴で世界的にも珍しいことです。欧米人は芭蕉の「静かさや岩に染み入る弾の声」が理解できないそうです。虫の声を騒音と捉えるようです。

童謡の『虫の声』は明治四三年に尋常小学校に掲載された文部省唱歌で、今も愛唱歌のひとつになっています。ともかく虫の声をじっくりと味わいたいものです。

おらが虫今日のフェスタで何鳴らそ

手弁当で〝九条守れ〟の声あげています

二〇一五・一〇・一八

連休に富士八景の一つ倉見山へ登ったら、突然大きな音の連続。富士演習場の砲弾の音のようです。「戦争法」の先取りかとかんぐりたくもなります。

普通の人達が、誰に言われた訳でもないのに連日国会へ押しかけていく光景は、今までになかったことです。「戦争反対」「九条守れ」の手書きのプラカードを持ち、交通費自己負担の手弁当です。

「一強多弱」の国会で、民意から離れた安倍政権に「声を上げる」のは、この方法が一番です。定年退職したおじさんに始まり、ネットを使って集まる若者たち、勤め帰りのサラリーマン。はては幼子の手を引いたママさんグループ。

国会の周りだけでなく全国的に起こった大きなうねりは内閣支持率の急落となっています。

「そもそも国政は、国民の厳粛な信託による」（憲法前文）もので、民意を反映するのが政権の役目。国民の意思に従わない憲法違反の政権を絶対に許せません。

コスモス

あき

遠くから笛や太鼓の音が

どこか遠くから笛の音《ね》が聞こえてきます。どうも稲の刈り上げが終わり、収穫祭の準備をしているようです。

東北では、旧暦の九月九日、一九日、二九日を、三九日《みくんち》として祝い、関東と東海では、旧暦一〇月一〇日の、一〇日夜《とおかんや》。西日本では、旧暦一〇月亥《い》の日の、亥の子の祝いが祭りの日とされています。

また、沖縄や奄美では、秋に種を蒔き、夏に刈り入れる旧暦六月に豊年まつりプーリやウマチーを行います。その地方の独特の祭があって面白いものですね。今度は太鼓の音が聞こえます。

祭日日舞台の上から年数え

ワレモコウ

きのこ狩りはできません

二〇一三・一〇・一二

きのこ狩りの季節ですが青梅の森では、福島原発の事故以来やっていません。放射能の取り込みの顕著なきのこを食べるわけにはいきません。いまだに続く汚染水の漏れ。

安倍首相はオリンピックのプレゼンテーションで、汚染水は「コントロールされている」と言いましたが、できていないのが現実です。しかし、首相の発言は国際公約になりました。ブロックできなければ首相の恥どころか、日本国民を危機に落とす原因にもなりかねません。

東電任せにせず、政府の責任で実態を把握して内外の集団的英知を総結集した根本的対策を打つべきです。

「福島　六ヶ所　未来への伝言」映画の島田監督は、「今後、子どもたちの体にどのような影響がでるか心配。賛成、反対、主義主張ではなく命の問題としてどう私たちは選択をするのか、今、問われている」と講演。賛同の拍手が沸き起こりました。

彫刻家ロダンが、「自然を無理強いしてはいけない。自然を歪曲することは恐ろしい」と人間の傲慢さをいましめているのを思い出しました。

あき

一番郷愁を誘う秋

童謡「秋の夕日に照る山紅葉《もみじ》」の紅葉は日本の四季の中で一番郷愁を誘います。

延喜式に登場する竜田姫は秋を司る女神です。奈良の都の西方にある竜田山に住むといわれ、染色と織物を特技としています。

都を囲む山々のうち東の山は春、南の山は夏、西の山は秋、冬の山は北です。これらは中国の五行説から来ているもので、中国では男神ですが、日本は女神です。

源氏物語の帚木では「げにそのたつた姫の錦には、またしくものあらじ」と語られています。

柿渋も歌舞伎役者にゃ派手な色

子どもの外遊びは人格形成に大きく影響

二〇一八・一一・一八

この頃、外で遊ぶ子どもの声が聞こえません。昔は大きな子供が小さな子と一緒に、男の子は鬼ごっこや缶蹴りなどでワーワーと日暮れまで遊んだものです。女の子は、ままごとやお人形いじりでした。

今はゲーム機やスマホで遊ぶのが主流。ある玩具会社の外遊びしない理由の調査では、公園や空き地が少ない四六%、外で遊ぶ仲間がいない四〇%、外で遊ぶことに不安三九%、習い事などで忙しい二九%だ。

運動能力や仲間意識を作る大切な時期に外遊びをしないのは人格形成に大きく影響します。子ども達が大人になった時の社会が心配です。

子どもの貧困は見えにくく、普通の生活スタイルで友だちと遊んでいれば分かりません。親は貧困を隠します。増々広がる格差社会、親の低収入、住居、病気などで親の貧困は子どもへと連鎖していきます。

ウメモドキ

日本人の感性は「朽葉四八色」です

赤や黄色の色様々な紅葉《こうよう》の季節です。日本人は奈良平安時代から微妙な色彩の色を見分けてきました。

落ち葉もその感性を発揮し、「朽葉《くちば》四八色」と言われるくらい落ち葉の微妙な色付きの変化を見分けています。その中に「赤朽葉」「青朽葉」「黄朽葉」という色名もあります。赤朽葉は枝から落ちたばかりのモミジを表現したもので『蜻蛉日記』など平安文学にも登場します。また赤は人類が最初に意味を込めて使った色だといわれています。ホモ・サピエンス、エジプトのミイラ、日本の古墳でも赤があります。

幼子が木の葉でどうぞと赤まんま

イチョウ

次の時代の肥料

二〇一七・一一・一九

東青梅駅北口の青梅街道を渡り、通称六万通りを歩きます。六万師堂の前を通り抜けさらに三〇〇メートル進んだところが二手に分かれます。古くは追分と呼ばれた分岐点で高さ五五センチの自然石の道標があります。中央に南無阿弥陀仏と彫られ、「右江戸道、左はんのふみち加王ごゑ」と刻まれています。

ここは江戸時代青梅街道と川越街道の分岐点で、右へ進めば江戸（東京）へ向い、左へ進めば飯能を通り川越へ行きます。道標の脇には天明六年三月と彫まれています。天明六年は大飢饉の継続と追い打ちをかけるように大水害に見舞われた年です。南無阿弥陀仏には意味があったのです。

道標の脇に墨字書きの説明文がついていたのですが、今はかすれて読めません。文化財は次の時代の肥料となります。文化財を大切に保存して後世に引き継ぎたいものです。

あき

どんぐりがどじょうを困らせた後は？

山道を散策するとどんぐりが転がっています。どんぐりはクヌギが丸く、コナラは細長です。

歌の『どんぐりころころ』はどちらでしょうね。「やっぱりお山が恋しいと　泣いてはどじょうを困らせた」のでその後が気になりました。そしたら誰が作ったのか「こりすがとんできて、おちばにくるんでおやまにつれてった」そうです。ホッとしました。

ねむの木こども美術館の「どんぐり」館もホッとします。作品の一つ一つがやさしさにあふれ、いじめや無視、登校拒否もない学園の姿が目に浮かびます。

チョッキリと大地に旅立つ子どんぐり

見た目ではわからない子どもの貧困

二〇一五・一一・五

アルバムを整理していたら、古い遠足の写真が出て来ました。他の子はリュックなのにその子だけ風呂敷包みをかかえています。その子はどんな思いだったのでしょう。

子どもに肩身の狭い思いをさせたくないという親心は痛いほどわかります。

子どもの貧困家庭は七人に一人という日本、どうにかならないかと考えてしまいます。経済的理由などで就学困難な不登校児童は一二万人に達すると馳文部大臣は言っています。

不登校児童を減らす対策として学用品代などを補助する制度が市町村にあります。いま少なくない自治体で、この補助金を減らす動きがあることに注目せざるを得ません。憲法二六条は「教育を受ける権利」「義務教育の無償」をうたっています。

生活保護の切り下げがある中で、追い討ちをかける教育補助カット、いただけません。東京都は立川高校の定時制（夜間部）廃止を決定しています。苦労しても学びたい学生の道をとざしていいのでしょうか。

サンシュユ

典型的な武蔵野の風景

すっかり葉を落とした枝を、冬の青空に向かって思いきり伸びているのはケヤキです。農家の屋敷に太いケヤキの木がある風景は神武景気※以前の典型的な武蔵野の風景です。落ち葉を集め、たきびを焚いて、その中にさつまいもを入れて焼いた焼き芋の味は格別です。こんな風景はもう幻で、落ち葉を掃くことさえ面倒くさがられている風潮です。

ケヤキの名は「木目が美しいので、けやけき木といい、これがケヤキになった」※※と言います。春の芽吹き、夏の緑、秋の紅葉、冬の木立とどれを見ても詩情を誘います。

初霜が万歳してます箒立ち

※　神武景気　一九五六年（昭和三一年）
※※『和句解』松永貞徳著（一六六二年）

ケヤキ

誰でも等しく人権があるが…

二〇一六・一一・一八

『ちいさいモモちゃん』を書いた民話研究家の松谷みよ子は『民話の世界』の中で、「赤ん坊だもの、子守唄うたったたって仕様ねえス」という話を聞いて背筋の寒くなる思いがしたと書いています。

さらに続けて、生命の尊厳をこれほど侮辱した言葉はない。この底の浅い合理主義で育てられた子が、やがて母親が老いたときいう言葉が聞こえるようである。「婆さまだもの生きていたって仕様がねえス」。これを松谷が書いたのは一九七四年頃です。

相模原の障がい者殺傷事件の人は、「障害者はいないほうがいい」「障害者を殺せば税金が浮く」と語っていたと報道されています。

ヒトラーが優性学的見地から障害者を二〇万人殺害したのは一九四〇年代、新自由主義が野放し横行する昨今、「たくましく、優れた個体」だけが求められ、果てしない競争が、幼児教育から始められています。

「やさしくて、弱い」個体に価値を見いだすことこそ人間としての進化ではないのでしょうか。「障害者自立支援法」があるように障害という言葉に政治家もマスコミも無関心なのに腹がたっているのは筆者ひとりではないでしょう。

冬

「オリオン舞い立ち　スバルざわめく」

師走。師（お坊さん）も走り回るとは江戸時代以降の俗説だそうです。万葉の時代から「一二月」と書いて「しはす」と言っていたようです。「し」とは仕事、為すこと、年、四季を表し、「はす」の方は「果つる」と解釈されています。一二月の異称に年満月《としみつづき》があります。様々な一年が満ちて行く月の意味です。

月は月でも夜空の月や星座はとても綺麗です。『冬の星座』は、「オリオン舞い立ち　スバルはざわめく」のです。天（世界）の穢《けが》れを掃き清める箒星《ほうきぼし》が流れ、心が洗われる思いですね。

モズが来て赤い実ついばみ日が暮れる

アオギリ

「チュコエンコチッセン」で命まで奪われたとは

二〇一八・一二・六

「十五円五〇銭、いってみろ」「チュコエンコチッセン」と発音したならば、彼はその場からすぐ引き立てられ　国を奪われ　言葉を奪われ　最後に命まで奪われた朝鮮の犠牲者よ。

これは壺井繁治の詩で、一九二三年（大正一二年）関東大震災で朝鮮人を日本人の野次馬が行った尋問の一部で、一九一〇年から朝鮮半島を植民地化した日本は土地を朝鮮人からタダ同然に奪う。

生活に窮した朝鮮人は仕事を求め日本に渡ってくる。軍事化した日本は増産々々で朝鮮人に低賃金で過酷な労働を強いり、貧民窟に住まわせました。しかも朝鮮語の禁止、日本名に改名させ、徴兵制に組み込み、日本の侵略戦争に駆り立てたのです。

「徴用工」の反人道的行為について、当然慰謝料として個人請求権があるのです。中国人には和解金を払っているのですから。これは在日韓国人の歴史的事件です。

ふゆ

滝廉太郎の先駆性

年月の巡る速さを感ずるようになると、年を取った証拠だと言います。子供たちはクリスマスのプレゼント、お年玉とワクワクしながらこの時節を今か今かと待っています。

「はやく来い来い　お正月」と歌う『お正月』を創ったのは、あの日本で初めての歌曲『荒城の月』を作曲した滝廉太郎ですってね。明治三四年「幼稚園唱歌」に掲載され、現在も小学一年生の教科書に載っていますから、その先駆性に驚きます。作詞は東くめで、唱歌集に二〇曲ほど滝と組んで載せています。

落ち葉掃き今年も無事に過ぎそうな

「戦争がもたらすもの」教皇フランシスコは訴える。

二〇一九・一二・三〇

「亡くなった弟を背負い、焼き場で順番を待つ少年」の写真をみんなに配ってローマ教皇は訴えます。「長崎は核兵器が悲劇的に結果をもたらす証人の街だ」と世界に呼びかけました。

広島では、「原爆と核実験、もう戦争はいらない」と悲壮な決意を訴えました。この訴えは、日本が原爆の犠牲になりながら核兵器禁止条約に署名しないことを非難し、「日本の責務を全うしなさい」とのメッセージに受け取れます。

日本の首相は国連で採択された核兵器禁止条約を、「安全保障の現実を踏まえず作成された」と述べ、条約参加の意思を見せずに、相変わらずアメリカの「核の傘」に依存しています。これは世界の平和への流れから離れ、孤立する道です。

さらに教皇は原発についても、「安全でない限り辞めるべきだ」とも述べました。

写真の少年はグッと唇を噛みしめ悲しみをこらえています。

ふゆ

宗教を渡り歩く国民性

一陽来復《いちようらいふく》、一二月は冬至がある月です。神社では人形で自分の身体をぬぐって、たまった穢れを集めて燃やす大祓《おおはらい》が行われます。

オーストラリアのチロル地方では日本のなまはげに似たクランプスが、「悪い子はいねが」と子供たちをおどす。同時に聖ニコラウスがお菓子を子供たちに配る。これがサンタクロースの原型とかいわれています。

クリスマスの後、除夜の鐘を打ち鳴らし、明けるとお正月で神棚を祭る。キリスト教から仏教そして神道へと渡り歩く、この国民性をどう理解したらいいのでしょうかね。

あたふたとこの世のご念鎮座する

柚子

「世界でも珍しい文化遺産」と美智子妃絶賛

二〇一三・一二・一五

皇室美智子妃一〇月七九歳の誕生日に宮内記者会での質問に文書で回答しました。

自然災害に触れた後、「今年は憲法をめぐり例年に増して盛んな講論が取り交わされていたように感じます」と。自民党の改憲論議に触れ今までにない〝異例の発言〟に周囲はビックリ。

さらに、「かつて、あきる野市を訪れた時、郷土館で見せて頂いた『五日市憲法草案』「世界でも珍しい文化遺産ではないかと思います」と絶賛しました。

五日市憲法草案は自由民権運動の中で、地元の青年たちが議論し、リーダー的存在だった千葉卓三郎が一八八．年（明治一四年）に起草したものです。その内容は人権と自由の保護、法の下の平等、思想・出版の自由等々を掲げ、今の憲法と変わらない考え方を持ち、日本の民主主義が明治初期に生まれていることに驚きと感動を与えます。

「美智子さまが感銘。五日市憲法と人権・平和への思い」と題して取り上げた『サンデー毎日』（一一月一七日）は、「永田町のセンセイ方にじっくり読んでいただきたいものである」と締め括っています。

ふゆ

「除けられる日」

一年を締めくくる大晦日。お寺では除夜の鐘を突くのが恒例行事になっています。この日は「除日《じょじつ》」ともいわれ、旧い年が「除《の》けられる日」です。「除」とは古いものを捨てて、新しいものにうつるという意味です。除日の夜を「除夜」と言います。

お寺の鐘の正式名称は「梵鐘《ぼんしょう》」といい、「梵」の字は「聖なるもの」「清らかなもの」を表します。除夜の鐘を一〇八回打つのは、煩悩の数とか、四苦八苦（四×九＋八×九）とか、旧暦の数が起源とか諸説あります。いずれにしても不安や悩みを取り除き、少しでも心清らかに新年を迎えたいものです。

老耳朶《ろうじだ》にますます遠く除夜の鐘

発展途上国への身を挺する

「中村哲医師　銃撃され死亡」に日本人の多くの人たちがショックを受けました。

中村さんは当初難民キャンプの医療活動で赴任しましたが、一九八四年以来アフガニスタンで干ばつによる貧困を見かねて、井戸を一六〇〇本も掘って用水路の建設に尽力をつくしました。

米国の対テロ戦争の後方支援で自衛隊が派遣されることを、「有害無益。日本の信頼感が崩れ去る」と国会で参考人としてきっぱりと発言しました。

「テロの発生する土壌からなくしていかないと、テロはなくならない。本当に人の気持ちを変えるというのは、決して武力ではない」と指摘。まさに日本の平和憲法を実践する人でした。

「貧困、富の格差、政治の不安定、宗教対立、麻薬、戦争難民、近代化による伝統社会の破壊、およそあらゆる発展途上国の抱える悩みが集中している」とも書いています。

冬桜

ふゆ

シュラ シュ シュッ シュと唄われる舟

「金毘羅舟々　追手に帆かけて　シュラ　シュ　シュッ　シュ」と唄う金毘羅さんは、一月一〇日が「初金毘羅」です。金毘羅宮本宮は香川県の小高い琴平山の中腹にあって、祭神は天照大御神《あまてらすおおみかみ》の弟、金毘羅大権現です。

農業、漁業、医薬、技芸などの神様として人々から厚い信仰を集めています。ここには芝居小屋「金丸座」があり、手動で操作する明かり窓、人力で動く回り舞台など昔ながらの舞台で国の重要文化財になっています。

民謡の金毘羅は琴平町界隈で流行り、全国に広まったようです。さあ、今年の技芸、元気にいきましょう。

　　笑みこぼし平和観音手をかざす

念ずれば花ひらく時代

二〇一九・一・二〇

右手は胸の上に上げ安心を与える。左手は手のひらで衆生の願いを聞き入れる。塩船平和観音の姿です。

観音様の究極の願いは人々の心の安寧と世の中の和やかさです。

観音様への願掛けは家内安全、商売繁盛などですが、唯一、「九条厳守」があります。これこそ平和観音の真骨頂です。

自衛の名でどんどんと膨らむ防衛費は攻撃型空母を含む過去最多の二七兆四〇〇〇億円。

「過去に目を閉ざすものは、現在に対して盲目になる」（ヴァイツゼッカードイツ大統領）」

日米安保条約で全国に一三一もの米軍基地。米国兵器の「爆買い」などの思いやり予算と基地削減は、絶対に必要です。

小倉百人一首の中で後鳥羽院は、「…あぢきなく世を思ふゆゑに　もの思う身は」と一人で嘆いています。

現代は大衆が手を取り合って「念ずればば花ひらく」（仏教家坂村真氏）時代です。がんばりましょう。

ヒノキ

人生には五つの福

孔子の編といわれる書経の中に、人生には五つの福があると書かれているとのことです。無病なこと、財力が豊かなこと、寿命の長いこと、徳を好むこと、天命を以《い》って終わること。寿にはこの福を言葉で祝う意味があります。

ともかく初春を元気で迎え、先ずはめでたいですね。一月の異称は睦月《むつき》です。これは、睦《むつ》び親しむ月という意味です。一年の始まりを家族や仲間と仲良く、笑顔ですごすことが出来れば、この一年もきっと素晴らしい年になるでしょう。

元朝の富士が大きく見えにけり

松

七つの神様にお願いするが…

二〇一七・一・二三

青梅七福神めぐりをしました。七福神の戸籍は寿老人、福禄寿、布袋尊が中国、大黒天、毘沙門天、弁財天がインド、恵比寿天が日本と国際的です。室町時代に庶民が商売の繁盛を祈願して始めたとのことです。

仁王経にある「七難即滅」「七福即成」の言葉を基に福神信仰、七つの福神にまとめました。

青梅の七福神は昭和五六年（一九八一）に始まり、今年で三六年目です。七福神を祀った青梅の寺はどれも古刹で、おもむきがありなかなかのものです。

昨年はいろいろな災害がひんぱんに起こり、人々を苦しめてきました。災害に遭わずとも、生きづらい世の中、日々の生活の中で明日への希望がもてず生きる意味を失う「生苦」にさいなまれている人が多いといいます。ましてや病気になっての「病苦」とたたかっている人もいます。

老体に鞭打つ「老苦」もあり人間は生きる限り様々な苦労が付きまといます。そこで何かにすがり、救いを求めたいものです。七つの神様にお願いすれば、苦労や悩みを解決してくれるとの思いでめぐりました。しかし、最終的には「苦」とたたかうことが早道だと「悟り」ました。

ふゆ

鳥の一二支

むかし　むかし　神様が「鳥たちよ　鳥の一二支を選びたい。明朝並んだ順にしよう」と言いました。

一番鳥は、「私だ」と二わとりがコケコッコー。三番鳥は、サントリービールで酔ったアホウドリ。四番鳥は、おサイフはいつも四十雀《しじゅうから》。五番鳥は、五位さぎになんぞに騙《だま》されんぞ。六番鳥は、おまえはうるさいぞの椋鳥《むくどり》。七番鳥は、七面鳥の御馳走だ。八番鳥は、やっぱり焼き鳥さ。九番鳥は、九官鳥のモノマネよ。十番鳥は、可愛い、可愛い十姉妹さ。十一番鳥は、一本加えた川セミさ。最後は平和のハートでメデタシメデタシ。

基地回避サンゴジュゴンの青い海

ヘイト（増しみ）はヘイトを生む

二〇一四・二・一二

二〇一三年流行語大賞にノミネートされた「ヘイトスピーチ」。

白昼堂々と、「良い韓国人も悪い韓国人も殺せ」のプラカードを掲げ「朝鮮人殺せ」と叫ぶデモ。普通の感覚だったら「これは何とかしなければ…」と思います。

日本政府がこれを取り締まらずにいることに国連は、差別を禁止する法律をつくれとの勧告をしました。

私たちはナチスのユダヤ人大虐殺、ルワンダ虐殺、日本の南京大虐殺を忘れることはできません。ヘイト（憎しみ）が拡大すれば、差別、暴力、迫害につながりかねません。普段でも朝鮮人学校の生徒はいやがらせをされています。

ヘイトスピーチを生み出す根源のひとつには、重度障害者を「ああいう人は人格があるのかね」と言った石原元都知事発言や都議会でのセクハラ野次など差別を助長する社会がつくられています。正規社員になれず貧困から抜け出せない貧富の格差もあります。

ヘイトスピーチを憂える人たちが抗議行動に立ち上がり、「現場で抗議行動を示すことで被害の拡大を防ぎ、少数者の尊厳を守るフェアな社会をつくりましょう」と呼びかけています。

マンリョウ

還暦に赤いチャンチャンコを着るのは

令和初の新年は、十二支一番目の子年《ねどし》が重なる巡りあわせとなります。干支《かんし》といえば、子、丑、虎…で知られる十二支ですが、元は十干と十二支を組み合わせたもので、暦や方位などを表すものとして古くから用いられてきました。十干は甲、乙、丙、丁…という一〇種類からなり、十二支は一二種類です。この組み合わせで循環し六〇年で一周です。六〇歳を還暦と呼ぶのは、干支がそろってちょうど一周巡るときのことです。

還暦に赤いチャンチャンコを着るのは、また新しい命を授かった、産着のイメージです。今年は庚子《かのえね》にあたり物事が結実する、生まれる意味があります。さあ、あなたはどんな一年にしたいのですか。

庚子に煩悩消して富士拝む

寒椿

学校ではことばづかいは教えません

二〇一九・一二・二二

「先生よー」と今の生徒は気軽に若い先生に話しかけます。先生も生徒になじもうとその呼びかけに気楽に応えます。

学校ではことばを教えるけど、ことばづかいは教えません。人間平等とは言え、教える者と教わる者との上下関係はあり、当然礼儀作法はあるはずです。

これは教育の世界では道徳の範ちゅうです。いまの小中学校では道徳の時間があり先生方が教科書に書かれた内容で教えます。

辞書には「道徳とは善悪を判断する基準を教えるもの」とあります。

二〇二〇年から道徳の教え方に評定がつくようになります。そうなると先生方は上から示された指導要綱に添ってやらざるをえません。

ある教科書では首相のボブスレーに乗った写真を掲載しました。これでは教科書を政治利用するものです。教育基本法一条は「人格の完成」と「自主的な精神」を求めています。

ふゆ

子どものデカダンスを認めよ

「赤いべべ着た可愛い金魚」の歌詞※はとても愛らしく、抱きしめたい感じがします。ところが、北原白秋が書いた金魚は、「母さん、帰らぬ、さびしいな。金魚を一匹突き殺す」と書き、さらに「金魚を三匹捻《ね》じ殺す」とまで表現しています。金子みすゞは「北原白秋の作品は好きなのに、《金魚》だけは嫌いだった」※※そうです。白秋は「私は児童の残虐性そのものを肯定するものではない…、成長力の一変態である」※※※と述べ、このデカダンス（退廃的傾向）を自照しています。筆者も幼学年期にヘビを叩きつけていたのを思い出しました。

金魚屋の声まぼろしかぬくい冬

※　神武景気鹿島鳴秋作詞　弘田龍太郎作曲「金魚の昼寝」
※※『金子みすゞ心の風景』
※※※『緑の触覚』

子どもや孫に昔話をしましょう

二〇一九・二・一七

ここらあたりでも昔はたくさん雪が降ったようです。

西多摩郡調布村（現青梅市）での大吹雪で二人の木こりはやむなく渡し守の小屋に留まった。二人はいつの間にか眠り、老人の茂作は凍え死んだ。若い巳之吉は白装束の女、お雪に助けられた。二人は結婚し一〇人の子をもうけた。

この物語は、小泉八雲が村の老人から聞いた話を「雪女」としてまとめたものです。

テレビがない時代は老人が子どもや孫に昔の話をよく聞かせていたものです。いま若いお母さんがよく子どもにスマホをもたせ、あやしもしないでおもりをする姿を見かけます。

昔からの伝統や風習を古いと言って捨て去る傾向が顕著です。悪い風習ならいざ知らず良いものまで無くすのは考え物です。ぬくもりが伝わる話しことば、デジタルと違って感情がこもり赤ちゃんや子どもたちに話が伝わります。

コウヤボウキ

ネコの目をよく見てごらんなさい

むかし十二支の中にネコ君が入れなかったのは、ネズミ君に騙され、神様にお目どおりが遅れたためでしたね。

ネズミ君は当然だと考えます。子は親に従え。だって、ネコですから子（ネ）の子です。当時はネコよりネズミの方が大きかったのです。

ネコは猫に小判とか猫なで声とか悪口がいっぱいありますね。ひどいのになると猫ばばとも言います。これではネコがあまりにもかわいそうです。

そこで神様は「人間に可愛がられるように」とネコが人間にじゃれることを覚えさせました。ネコは可愛いですね。しかし、よく見るとあの猜疑心の目、最初に騙されたことをまだうらんでいる目ですよ。

猜疑の目猫にたがわず夢芝居

日本のジェンダー（男女）格差は一二一位

二〇二〇・一・一九

二〇二〇年は憲法一四条で性別の平等が明記されて七五年です。

現実はどうでしょう。スイスのシンクタンク、世界フォーラムが発表した二〇一九年一二月現在の各国での男女格差を見てみると日本は、唖然とします。一五三カ国中一二一位で過去最低となりました。

現政権が掲げる女性活動推進が進んでいないどころか、逆に男女格差が開いている現状が浮き彫りになりました。

この報告書は、経済、教育、健康、政治の四分野の男女格差を数値化して順位付けをしたものです。日本は前年の一四九カ国中一一〇位から大きく順位を下げました。最も遅れが目立つのは政治分野で一四四位です。教育分野では六五位から九一位へ低下。

経済大国とされる国の中で、日本はダントツに男女格差の厳しい国です。何としても政治分野で女性を増やし、男女不平等を変える政治闘争をする必要に迫られています。

ヒイラギ

ふゆ

唱歌「たきび」の発祥地はどこ

寒風の中にも春の温もりを感じる瞬間があります。まさに三寒四温の季節です。

中野区上高田三丁目は唱歌『たきび』の発祥地です。こちらの旧家は竹垣で囲まれ広い庭にケヤキの木がたくさんあります。いかにも落ち葉たきの雰囲気です。

この歌は一九四一年一二月九日から一一日までＮＨＫで放送される予定でしたが、「焚火は攻撃目標になる」「落ち葉も貴重な燃料」という軍部の干渉で二日後に取りやめになったとか。

「垣根の　垣根の　曲がり角…」の作詞家巽《たつみ》聖歌《せいか》は明治三八年二月一二日生まれです。

もうすぐと煙《たきび》の向こうに春がある

シュウメイ菊

人間味のない現代の対話

二〇一八・二・一八

孫娘のゆータンと毎日話すのが楽しみです。「今日学校で面白いことあった?」と訊くと、「タケちゃんが面白いかっこうしたよ」とその真似をする。へ理屈を言って話さないこともあるけれど後期高齢者になってこんな楽しみがあるなんて「幸喜」高齢者と言えます。

対話は人間の持っている特権だと言われています。対話は勝ち負けがなくお互いに対等な立場で話し合えます。知らない人でも「いい天気ですね」から対話が始まります。ところがスマホでのやりとりは、相手の顔の表情が見えず字づらだけを追うことになりフェイク(偽)も見わけられません。デスクワークの仕事で向かいの同僚にスマホで連絡という現象もあるとか。

世界のあらゆる対立は武器を使わず対話で解決すべきです。北朝鮮問題も脅しや嫌がらせでなく誠意を持って話し合えばいいですね。

ふゆ

東風《こち》吹いた後は梅の香り

季節のめぐりは早いもので、春の節分が過ぎれば立春です。立春は一年を七二に分けたこまやかな季節の暦の七二候で春の始まりとされています。四節気では一年の最初の季節。節気とは一年を二四等分したもので、立春のつぎは雨水、啓蟄《けいちつ》、春分と続きます。

凍てついた北風に変わり東風が吹いて、梅の花の香りがただよい、春告鳥《はるつげどり》と呼ばれるうぐいすが鳴き始めます。ふと見ると蕗《ふき》の薹《とう》が家族そろって芽をちょこんと出しています。食べて早春に人生の苦みを味わえば、次に来るのは春欄漫、人生謳歌ですね。

初午《はつうま》や太鼓音《たいこね》ひびく耳朶《じだ》の奥

人生マラソンいかにゴールするのか

二〇一六・一・一四

論語の中に、「五〇にして天命を知る」とあります。今年で五〇回目の青梅マラソンは、どんな天からの命令があるのでしょうか。

各地で行われる市民マラソンは、一九六七年三〇〇人たらずで、円谷幸吉《つぶらや》と走ろうと始まったものです。

円谷幸吉は東京オリンピックのマラソンに出場し、銅メダルを取り、当時の華やかな存在でした。ところが、その後の競技に思うような記録が出せず、その重圧に耐えかねて自殺しました。二七歳の若さです。

昨年（二〇一五年）九月現在で一〇〇歳以上が六万人、八〇歳が一〇〇〇万人を越えたとの統計が出ました。健康だから長生きできるのです。まさに人生はマラソン。

長距離をいかにゴールまで上手に走り抜けるかが課題です。

それには蓄えたエネルギーと途中の補給が必要。人生マラソンでも若いときに蓄えた貯蓄と高齢になった時の社会保障という補給が必要です。青梅マラソンも何か補給が必要な時になっているのではないでしょうか。

マンサク

おわりに

『花詩の壺壺』を上梓してから三年余がたちますが、傘寿を迎える前に、いやボケる前に言い残したら損、という気持ちでまとめ上げたのがこの文章です。

表題『一筆啓上』は「青梅市音訳ボランティアグループ・たんぽぽ」の投稿欄の題名から取ったものです。また花鳥風月文は同グループの月刊紙の巻頭言に載せたものです。

「風怒気」は月刊紙『東青梅パワー』のコラム欄ウォッチングの文章です。いずれも加筆修正が多少あります。たんぽぽの月刊紙は二〇二〇年一月現在で三六七号、東青梅パワーは一九五号になりますが、いずれも筆者が責任をもって執筆したものが少なからずあります。

世間ではコロナ問題で真剣に取り組んでいる最中、顕示欲にかられた、のんびりした文体に腹が立つ思いを感じられた方もいらっしゃると考えましたが、ご勘弁のほどよろしくお願い申しあげます。

絵画写真は、貴重な傑作を戴いた中から表紙は大谷欣一さん、四季区割りの春は寂泉さん、夏蒼美さん、秋幸子さんのを拝借させて頂きました。有難うございます。

今回も上梓にあたり、杉並けやき出版の小川剛さんにたいへんお世話さまになりました。ここに厚く御礼申し上げます。

二〇二〇年二月

筆者

【筆者紹介】
和木　宏（わきひろし）
1941 年 1 月 東京都福生市生まれ。青梅永山丘陵の自然を守る会代表幹事。青梅市音訳ボランティア・グループたんぽぽ元会長。きまぐれ塾塾頭。

《既刊著》
『駆け抜ける』
『青梅の森』
『花詩の壺』
『花詩の壺壺』

住所　〒198-0042 東京都青梅市東青梅 2-16-11-301

一筆啓上（いっぴつけいじょう）

2020 年 4 月 25 日　第 1 版第 1 刷 発行

著者　和木　宏

発行者　小川 剛
発行所　杉並けやき出版
〒 166-0012 東京都杉並区和田 3-10-3
TEL 03-3384-9648
振替 東京 00100-9-79150
http;//www.s-keyaki.com

発売元　星雲社（共同出版社・流通責任出版社）
〒112-0005 東京都文京区水道 1-3-30
TEL　03-3868-3275

印刷 / 製本　有限会社 ユニプロフォート

ISBN978-4-434-27391-9 C0095